ラブと友たち

手術に立ち会ったイヌ

ジョン・ブラウン 著
川満富裕 訳

時空出版

Rab and His Friends
by John Brown

edited by William Macgillivray, illustrated by Preston MacGoun
TN Foulis, Edinburgh, 1909

目　次

■図版目次

凡例

1．本書の原作は、John Brown 著 Rab and his friendes であるが、翻訳の底本にしたのは、William Macgillivray 編集、Preston MacGoun 挿絵、Rab and His Friends. TN Foulis, Edinburgh, 1909 である。ただし『ラブと友たち』の序文は底本になく、Rab and His Friends. David Douglas, Edinburgh, 1883 から引用した。

2．原作のイタリックの箇所は、本書では傍点を付した。

3．原作のヤードポンド法による数値はメートル法に換算して書き直した。

4．本書中の［　］は原著者の付記で、（　）は訳者の付記である。

5．本文中の肩に数字を付した文言には同頁下に訳者の注釈を付記し、四カ所にある原作の注は［原注］と明記し同頁末に入れた。

6．本書中の固有名詞の索引を作成し、原綴とともに巻末に付記した。英語名はカタカナで表記し、人名については生没年も記した。

7．図版目次中、底本以外の挿絵には出典を付記した。

編者まえがき

ウィリアム・マクギリヴレイ
（『ロブ・リンゼーと彼の学校』の著者）

『ラブと友たち』を編集するに当たり、編者はマスティフ犬のラブ[*1]がジェイムズとアイリーのところに来た仔イヌ時代の生き生きとした愉快な話「ラブについて」をつけ加えることにした。この話は、著者のジョン・ブラウン医師が『ラブと友たち』とは別に書いた話で、随筆集『余暇』に収載した初期の随筆「うちのイヌたち」の中にある。著者が別々に書いたとしても、二つの話は一緒にしたほうがよいと考えたからである。

この随筆「うちのイヌたち」にはほかのイヌの話もあるが、ラブ以外はみなブラウン家の飼いイヌだったので、「うちのイヌ」と呼ばれたの

＊1　ラブ Rab は Robert という名前のスコットランドにおける短縮形。マスティフ犬は番犬、軍用犬、闘犬に使われる大型犬で、土佐犬はマスティフ犬の血が濃い。

は当然である。しかし、ラブはよそのイヌだった。実際、ブラウンはこの矛盾に気づき、この話の冒頭で「私にラブを〈うちのイヌ〉と呼ぶ資格はない。しかし、このすごい奴の話を聞いて残念に思う者はいないだろう」と述べている。

編者もまた、ラブがそれまでよそ者として冷たくされていたところから連れてこられた、仔イヌ時代の生き生きとした話「ラブについて」と、死ぬまで友たちに愛と忠誠を捧げた晩年の話『ラブとその友たち』を結びつけても、それをつまらないと思う者はいないだろうと思う。

仔イヌ時代の話は、晩年の話の前置きとなり、かなり興味を抱かせる。とくに、アイリーとラブの連帯感、そしてアイリーが死の病にかかって最期を迎えるまで続いた強い絆が生まれた理由が分かる。

すばらしい挿絵はプレストン・マクガウン嬢によるもので、本書に強い印象を与え、感動を深めてくれている。

ラブについて

［「うちのイヌたち」から引用］

ラブのことはあまり知らないので、本当は私にラブを「うちのイヌ」と呼ぶ資格はない。しかし、このすごい奴の話を聞いて残念に思う者はいないだろう。

アイリーは、乳癌の手術を受けた日かその翌日、調子がよくて元気だったとき、ラブの話をしてくれた。詳しいことは家に来たら話すというので、エディンバラから一一キロ南の町ハウゲートにある彼女の家をそのうちに訪問する約束をしたが、この日は彼女の夫ジェイムズとラブの出会いについて聞いた。

アイリーの話では、ある日ジェイムズは馬車を引き、ハウゲートの南にあるリードバーンから帰って来た。リードバーンの西方でタマゴ、バター、チーズ、鶏肉を買ってきたので、エディンバラへ売りに行くはずだった。

アイリーはジェイムズが困っているのに気づいた。よく見ると、馬車の後ろに仔ウシみたいな生き物がつながれていたが、彼女には「引きずられている」ように思われた。馬車の前にいたジェイムズがこちらに来てみると、彼は赤くなって怒っていた。馬車にヒモでつながれていたのは大きな仔イヌで、全力で馬車を引きもどそうともがいていたので、アイリーは「怖がっているみたいよ」と言った。

ジェイムズは息を切らせて怒っていたが、落ち着くとアイリーに説明した。この「大きなイヌっころ」[*2]は、リードバーンから五キロ西のマクビー丘陵にあるサー・ジョージ・モンゴメリーの牧場でヒツジにかみつき、みんなを怖がらせていた。サー・ジョージはこいつを縛り

＊2　ウォルター・キャンベル著『森林保護官』一八四二年の語句の焼き直し。

図１　ラブとの出会い

首にしろと命じたが、この「盗人（ぬすっと）」[*3]イヌの抵抗が強かったので、すぐには実行されなかった。サー・ジョージが銃を取りに行かせたとき、ちょうどジェイムズが来合わせたのである。

このイヌはジェイムズに何度もなついてきたので、ジェイムズは「こいつにチャンスをやりたい」と言った。それでラブを馬車につないだのである。しかし、仔イヌのラブは何かに怯（おび）え、道中ずっと抵抗し、ヒモを引っ張って自分の首を絞め、ジェイムズと荷馬（にば）のジェスを困らせようとしているかのようだったので、ジェスにはいつも以上に馬車が重かった（図1）。「こんなひねくれ者はサー・ジョージにまかせておけばよかった」とジェイムズは言った。

しかし、アイリーはラブの前足に木製の足かせを見つけた。縛り首に抗（あらが）ったとき付けられたのだろう。そのため足を引きずっていた。そこで、ラブを預かり、ジェイムズをエディンバラに送り出した。ラブ

*3　約聖書『ヨハネの福音書』第一〇章一節（新共同訳）。

に水を与え、女性の機転で引きずっている足をドアの下の隙間から出して急に飛びかかられないようにし、足かせを手際よくサッと抜き取り、たっぷりと餌を与えた。

やがて彼女が注意を向けなくなると、ラブは足を引きずって近づき、彼女の膝に大きなアゴを載せた。アイリーに言わせると、そのときから彼らは「同志」になった。ジェイムズがもどったとき、ラブはおとなしいよい子になっていた。

アイリーによれば、ラブは主人より先に帰ってくる習慣があった。ジェイムズよりちょうど三〇分早く帰り、「ご主人さまはご無事です。もうすぐお帰りになります」と言いたげに、いつも気取って歩き回った。

ある朝、ジェイムズだけが帰ってきた。朝早くエディンバラから帰り、オーチエンディニーの森に近い寂しい道にさしかかったとき、男に襲われ、お金を要求されたからだった。ジェイムズは冷静だったので、「こりゃ驚いた、ちょっと待て」と言って後ろに飛びのき、ラブに言った。「相棒、奴に吠えろ」。ラブはすぐに男の前に立ちはだかり、動いたら襲うとばかりに威嚇（いかく）した。ジェイムズはラブに後をまかせて帰りを急いだ。振り返ると、男は押し倒されてもがいていた。

ジェイムズがこの話をアイリーに報告していると、ラブが身体を揺すって帰ってきた。捕えた盗賊がハウゲートの若造でラブも知っていた近所の能なし息子だと分かり、ラブは見下すようにして見逃したという。野原でその様子を見ていた人によれば、ラブがした唯一のことは、悪党を立たせる前に、巨人のよく使う無言の圧力で悪党の目から悪の火を「しばらくの間」消し去ったことだった。そのやり方はいわずもがなである。ジェイムズはウソをついたり大げさな話をする人ではないが、これは「間違いなく本当だ」と私に言った。

ラブと友たち

三四年前[*4]、高校の帰りにボブ・エインズリーと僕は頭を寄せ合い、腕を組んでインファーマリー通りを西に向かって歩いていた。なぜ、どうして、そんなことをするのかということは、恋人たちと少年たちならば分かる。

通りの端にたどり着いて右に曲がると、二〇〇メートル先のトロン教会に人だかりが見えた。「闘犬だ！」ボブが叫んで駆けだし、僕も追いかけた。僕らが到着するまで闘いが終わらないようにと祈った。

これは男の子のさがというものじゃないか？　いや、人間のさがじゃないか？　どこかの家が燃えたら、自分が見るまで火は消える

＊4　本書の原作は一八五八年に書かれたので、その三四年前は一八二四年。

なって、みんな思わないか？　イヌは闘いが好きだ。かのアイザックが言うには、イヌたちは「喜んでいる」[*5]んだって。それが一番の理由さ。男の子たちが残酷なわけじゃない。闘いを見るのが好きなだけだ。男の子たちは激しく動く人間やイヌから三つの枢要徳（すうようとく）[*6]を見出している。つまり、勇気、忍耐、技量の三つだ。それはイヌたちを闘わせては喜び、はやし立て、イヌたちの勇気で儲（もう）ける奴らとは違う。闘いを見るのが好きだとしても、いい子ならば、男の子はそんなことは嫌って軽蔑し、ボブや僕といっしょにさっさと逃げ出すだろう。男の子と大人の男が激しい格闘の見物に興味をもつのは自然なことで悪いことじゃない。

遠目だったのに、どうしてボブが一目で闘犬だと分かったのか、世間知らずで好奇心の強い女性は知りたがるんじゃないだろうか？　ボブは闘犬を見たんじゃない。見えるわけがなかった。それはひらめきで、素早い推理だった。二頭の闘うイヌを取り巻く人だかりは、おもに男た

＊5　アイザック・ウォッツの詩 Let dogs delight to bark and bite（一七一五年）。

＊6　古代ギリシア以来の西洋の中心的な徳目のこと。主徳または元徳ともいう。

ちからなり、ときどき元気で心やさしい女たちが一緒にいる。女たちは男たちの外側を囲んで騒ぎ、まるで「けもの」の群れのように口や手で男たちをはやし立てる。その人だかりは輪になって動く。輪の中央に向き、頭を垂(た)れて目を下に向け、同じところを見つめる。

ボブと僕が到着したとき、闘いはまだ終わっていなかった。小さな純血の白いブルテリアが大きな黄色い牧羊犬を激しく攻め立てていた。チビは、闘いには慣れていないが、バカにできないイヌだった。二頭は懸命に闘っていた。すご技(わざ)のチビは堂々とした闘いぶりで、敵の牧羊犬の闘いはでたらめだったが、歯は鋭く、勇敢だった。しかし、すぐに技量と訓練がものをいった。ボブが未熟者と呼んだ新米戦士は、しだいに優勢になり、とうとう哀れな黄色い奴の首に食らいついた。黄色い奴は息がつまって死にそうだった。

牧羊犬の飼い主は、エディンバラから五〇キロ南の町トウィーズミュアから来た日焼けした大柄のハンサムな若い羊飼いで、愛犬を助けられるものなら、誰でも殴り倒し、そのためには「苦い酢を飲み干したり、ワニを食らう」[*7]こともいとわなかった。チビを蹴ってもムダで、もっと強く食いつかせただけだった。

人々は闘いを終わらせるいろんなやり方を口々に叫んだ。「水ッ！」。しかし、近くには何もなく、ブラックフライアー蛇小路の井戸から、誰か水を汲んで来いと多くの人が叫んだ。

「尻尾（しっぽ）を咬（か）め！」ご親切にも、茫洋（ぼうよう）とした大柄の中年男が、考えた末というより発作的に、黄色い奴のふさふさした尻尾の先をつかみ、口いっぱいに頬ばって全力で咬んだ。辛抱強いがせっかちな羊飼いに対して、これはやり過ぎだった。羊飼いは大きな顔に笑みを浮かべ、親切な茫洋とした大柄の中年男の顔面にパンチを食らわせた。中年男はバタンと倒れた。

＊7　シェイクスピア著『ハムレット』第五幕第一場（一六〇〇年頃）。

新米戦士はまだ食らいついていた。死が近づいていた。

「嗅(か)ぎタバコだ！　タバコを嗅がせろ！」仕立てのいい服装のメガネをかけた若者が穏やかに言った。

「いや、殺せ」興奮した人たちが怒鳴り、あざけってにらんだ。

「嗅ぎタバコだ！　タバコを嗅がせろ！」若者が再び言った。しかし、今度はもっと切羽つまって言った。

言われた通りに、嗅ぎタバコ入れの箱がいくつか開かれたので、彼はカローデンでつくられた箱からひとつまみ取り、ひざまづいて新米戦士の鼻先に差し出した。生理の法則と嗅ぎタバコの法則が功を奏した。新米戦士はクシャミをし、黄色い奴は自由になった！

若い羊飼いの大男は、黄色い奴を抱えて労(いたわ)り、大股(また)で歩み去った。

しかし、ブルテリアは満足せず、まだ興奮していた。すぐ出会ったイヌにかみついたが、古代ギリシアのホメロス[*8]風にいえば、雌イヌはイヌ

＊8　ホメロスは古代ギリシアの詩人で、『イリアス』の作者。

ではないので、軽く謝罪して離れた。ボブと僕は少年たちと新米戦士の後をついて行った。新米戦士は悪戯（いたずら）することばかり考え、ニドリー通りを南下してカウゲート通りに向かって矢のように走り、ボブと僕たちこどもは息切れしてついて行けなかった。

単アーチのサウス陸橋の下で、カウゲート通りの歩道の真ん中を大きなマスティフ犬がブラブラと、まるでポケットに手を突っ込んで散歩しているかのように歩いていた。小柄なハイランド牛ほどもある大きな灰色縞（じま）の老犬で、歩くたびにシェイクスピアのいうデュウラップ[*9]が揺れた。

新米戦士はまっすぐマスティフ犬に突進し、ノドに食らいついた。驚いたことに、巨大なイヌはじっとして身じろぎもせず、うなった。そう、うなった。窒息しなかったのだ。真剣な抗議の長いうなり声だった。どうして反撃しないのか？　ボブと僕は二頭に近寄ってみた。そのイヌは口

＊9　デュウラップ dewlap はノドのたるんだぜい肉という意味の英語で、『オックスフォード英語辞典』によると一三九八年にはすでにあったが、シェイクスピアの造語といわれることが多い。

輪をかけられていた！　エディンバラ市の参事会はイヌに口輪を義務づけていたが、そのイヌの飼い主はおもに強度と費用の理由から、少し古いウマの尻帯（しりおび）の革を使った自作の口輪をイヌの大きなアゴにかけていた。イヌは懸命に口を開き、唇は怒りでまくれ上がった。一種の威嚇だった。牙が光り、口の奥の暗闇から飛び出しそうだった。イヌの口に巻いた帯は弓弦のように張りつめた。全身が憤りと驚きで硬直していた。そのうなり声はみんなに「こんなの聞いたことあるか？」と思わせるものだった。その姿は灰色のアバディーン花崗岩（かこうがん）でつくった怒りと驚きの彫像のようだった。

　みんなすぐに寄り集まった。新米戦士は食らいついたままだった。

「ナイフ！」ボブが叫んだ。靴の修理屋が自分のナイフを渡した。みんな知っているように、このナイフは先端に向かって細くなり、必ず尖っている。僕はその刃先を張りつめた革の口輪に押し当てた。口輪が切れた。そして、そのとき！　巨大な頭がグイッと引き上げられ、口の回りに一種の白煙が音もなく立ち上った。白い獰猛なチビが落下し、ぐにゃりとして死んだ。厳粛な間があった。それは予想外の出来事だった。チビの身体をひっくり返して見ると、完全に死んでいた。マスティフ犬はチビの背中をネズミのようにくわえてへし折ったのだ。

　マスティフ犬は犠牲者を見下ろし、怒りを鎮め、恥じ、驚き、犠牲者を嗅ぎ回り、じっと見つめ、急に思い出したように向きを変え、歩き去った。ボブは死んだイヌを抱き上げ、「ジョン、お茶がすんだら埋葬しよう」と言った。僕は「いいよ」と答え、マスティフ犬の後をついて行った。マスティフ犬は身体を揺らしてカウゲート通りを西へ猛スピードで走った。彼は約束を思い出したのだ。キャンドルメイカー通りに突き当たって左に曲がり、居酒屋のハロー・インの前で立ち止まった。

　一台の荷馬車が出発するところで、目つきの鋭いやせた浅黒い小男が葦毛のウマの頭に手を置き、苛立って気むずかしげにあたりを見ていた。小男が「ラブ、このバカ野郎！」と言って蹴りを入れようとすると、大きな友人は身をすくめ、堂々というより機敏に重い靴をよけ、飼い主の目をみつめ、うろたえて馬車の下に潜り込んだ。彼の耳は垂れ落ち、尻尾も垂れ下がっていた。

　僕の大ヒーローが尻尾を巻くなんて！　この御者はとんでもない男に違いないと僕は思った。切れて役に立たなくなった口輪が首からぶら下がっているのをこの男が見たので、僕はホメロス、ダビデ王[*10]、ウォルター・スコットの英雄譚を躍起になって話した。ボブと僕が話すに値するといつも考えていた話、今もそう考えている話を語った。厳しい小男が怒りを鎮め、やさしくなって言った。「ラブ、相棒、かわいいラビー」。すると、ラブの尻尾が立ち、耳もピンと立ち、目は見開かれ、元気を取りもどした。二者の友人は仲直りした。「ハイシーッ」とウマのジェスに

＊10　ダビデ王は旧約聖書に登場するイスラエル国の王で、旧約聖書『詩篇』の作者とされる。ウォルター・スコットはスコットランドの小説家。

一鞭くれて、三者は出発した。

その夜、メルヴィル通り一七番地のボブの家の裏にある野原で、ボブと僕はかなり厳粛な静けさの中で新米戦士を埋葬した［お茶はゆっくり飲めなかった］。その頃はホメロスの『イリアス』を読みふけっていたので、僕たちはほかの少年たちといっしょにトロイア人になったつもりになり、新米戦士はもちろんトロイアの勇士ヘクトールになぞらえた。

六年が過ぎた。少年とイヌにとって六年は長い。ボブ・エインズリーは戦争に行った。私はエディンバラ大学の医学生になり、大学の近くにあるミントーハウス病院（図2）の医療秘書を兼務していた。

私はほとんど毎週水曜日にラブに会っていた。私たちは親交を深めた。私はいつも大きな頭やときには背中をかいてやり、ラブの心をつかんだ。私がラブに気づかないと、ラブは私の真ん前に立ちはだかった。尻尾を

図２　ミントーハウス病院
cited from Peddie A：Recollections of Dr John Brown

振って立ち、私を見上げ、頭をかしげた。ラブの飼い主にはときどき会った。彼は私を「ジョン先生」と呼んでいたが、スパルタ人と同じくらい口数が少なかった。

一〇月のある晴れた日、病院を出たとき、大門が開き、ラブが大股でゆったりした足取りで入ってくるのが見えた（図3）。あたりはラブに占拠されたように見えた。ウェリントン公爵[*11]が街に入城するときのようだった。ラブの後ろから年老いて白毛になったウマのジェスが馬車を引いて入ってきた。馬車にはしっかりと身を包んだ女性が乗っていた。御者は心配そうに女性を見返りながらウマを引いていた。私を見ると、ジェイムズ［御者はジェイムズ・ノーブルという名前だった］は素っ気ない奇妙な「お辞儀」をして言った。「ワシの女房です。女房の胸が少し変なんでさぁ。できものか何かだと思うんですがね」

このとき私は女性の顔を見た。彼女はワラを詰めた袋に腰掛け、夫の

＊11　ウェリントンはワーテルローの戦いでナポレオンを破った。

図 3　ラブが大股でゆったりした足取りで入ってくるのが見えた

肩掛けをまとい、大きな白い金属ボタンの付いた夫の外套（がいとう）で足を被っていた。

忘れようのない顔立ちだった。青白く、こわばり、寂しげで[原注1]、繊細で、やさしい顔だったが、とても健康といえるところはなかった。六〇歳ぐらいに見え、雪のように白いリンネルの帽子には黒いリボンがついていた。滑らかな銀髪が黒灰色の目を引き立たせていた。一生に二、三回しか見られないような目で、苦痛にあふれ、苦痛に打ち勝つ力にもあふれていた。[原注2]眉毛は黒くて細く、口はたぐいまれなほど、きつく結ばれ、

原注1　この表情をひと言で言い表すのは簡単ではない。それは彼女がほとんどいつも孤独だったことの表れだった。

原注2　シェイクスピア著『冬物語』第二幕第一場（一六一〇年）。松岡和子訳、筑摩書房、二〇〇一年。

……黒い眉の似合う
女の人もいるんだってね。
だから眉毛が薄いと
ペンで半円とか三日月のかたちに
わざわざ描くんだって。

辛抱強さと闘志が現れていた。

これほど美しい表情、凛(りん)として静かで落ち着いた表情は見たことがなかった。ジェイムズは「アイリー、この若いお医者さんがジョン先生だ。ラブの友達だよ。ねぇ、先生。ワシらは先生のことをよく話すんでさぁ」と言った。彼女はニッコリして身じろぎしたが、何も言わなかった。馬車から下りるため、肩掛けを脇に置いて立ち上がった。全盛期のソロモン王[*12]が宮殿の門でシバ[*13]の女王が降りるのを手伝ったとしても、これほど優雅にはできなかっただろう。ハウゲートの御者ジェイムズはどんな紳士よりもやさしく妻を抱き下ろした。

小顔で、日焼けし、風雨にさらされ、目つきの鋭い、俗っぽい彼の顔と、青白い、静かな、美しい妻の顔とのコントラストは、なかなかよかった。ラブは困惑して心配そうだったが、すわこそと身構えていた。何かあれば、看護婦や門番、私にさえ飛びかかっただろう。アイリーと

＊12　ソロモン王はダビデ王の息子。その叡智と碩学が近隣諸国に知れ渡っていた。

＊13　シバの女王はソロモンの知恵を借りにイスラエル国を訪問した。シバ王国はイエメンあるいはエチオピアにあったと考えられている。

ラブは大の親友に見えた。

「さっき言ったけど、女房の胸に何かできたんだ。先生、診てくれないか？」。私たち四者は診察室に向かった。ラブの顔は滑稽（こっけい）なほど緊張していた。事情が分かれば安心して和らぐかもしれないが、かえって逆の表情にもなるかもしれない。アイリーは腰を下ろし、上着を脱ぎ、綿ローンのハンカチを首に巻いた。無言で右の乳房を私に見せた。私はそれを観察し、念入りに調べた。彼女とジェイムズは私をじっと見つめ、ラブは三人をジロジロ見ていた。

私に何が言えただろう？　かつてその乳房は、柔らかで、形がよく、白く、優雅に豊かで、[*14]「神のあらゆる祝福を受けていた」。今は石のように硬く、忌（い）まわしい苦痛の種になり、青白い顔色をつくっていたが、灰色の明るい理性的な目と、決然とした美しい口元には、大きな苦痛に打ち勝つ決意が表れていた。このやさしく、つつましやかで、きれいで、

*14　シェイクスピア著『オセロ』第二幕第一場の語句（一六〇二年）の焼き直し。

愛らしくて、美しい女性に、神はなにゆえにこんな試練を与えたもうたのだろうか？

私は彼女を診察台に連れて行った。「ラブとワシがいてもいいかね？」とジェイムズが言った。

「貴方はいいですよ。ラブもお行儀よければかまわない」

「ワシが保証するよ、先生」。この忠実な動物はおとなしかった。

みなさんがラブに会えたらと思う。こんなイヌはもういない。ラブは失われた種族だった。前に述べたが、ラブは縞模様で、ルビスローで採石したアバディーン花崗岩のような灰色だった。体毛はライオンのように短くて硬く密生していた。体つきは小さな野牛のようにズングリしていた。ヘラクレスを縮めたようなイヌだった。体重は少なくとも四〇キロはあったに違いない。大きな丸い頭をしていた。鼻づらは闇のように真っ黒で、口唇は闇夜より黒かった。一、二本の歯［それで全部だった］

が黒いアゴから出て光っていた。頭のあちこちには闘いの古傷があった。片目がつぶれ、片耳がレイトン大司教[*15]の父親の耳のように食いちぎられていた。もう一方の目が二つ分の働きをしていた。そのうえ、ぼろ切れのような耳は、いつも目といっしょに動き、もう広がらない古い旗のようだった。また、房状の尻尾は、長さといえるほどではないが約一・五センチあり、幅も同じだった。尻尾の敏捷（びんしょう）な動きは驚異的で笑わせられたが、そのパタパタする動きと、目と耳と尻尾との相互作用はきわめて奇妙ですばやいものだった（図4）。

ラブには大型犬の威厳と実直さがあった。あちこちの路地の闘いで勝ち抜き、その道ではジュリアス・シーザー[*16]かウェリントン公爵のように強大で、偉大な闘士に備わっている重々しさ[原注3]があった。

＊15　ロバート・レイトンは一六七〇年にグラスゴーの大司教に任命された。彼の父親アレクサンダー・レイトンはスコットランドの医師にして過激な清教徒で、一六三〇年にイギリス国教会を攻撃するパンフレットを作成した罪で耳そぎの刑を受けた。

＊16　シーザーは古代ローマの帝政の基礎を築いた共和制ローマの政治家。

原注3　スコットランド高地地方の猟番は、すごく勇敢なテリアがほかのイヌより威厳があるのはなぜかと聞かれ、「旦那、それは生命力が強いからでさぁ。闘いで手が抜けないだけです」と答えた。

図4　エドウィン・ダグラスによるラブの肖像
cited from Rab and his friends, David Douglas, Edinburgh,1883

動物に似た人物や人間に似たイヌを見たことのある人は多いと思う。私は、ラブを見ると、バプテスト派の宣教師アンドリュー・フラー[原注4]のことを思い出さずにはいられない。同じように大柄で、体重があり、威圧的で、ケンカ好き、もの憂(う)げで、正直な顔つき、同じく深い吸い込まれる目、同じ容貌、爆睡するが目覚めはよい。あなどれないイヌと人物である。

翌日、私の師匠である外科医[*17]がアイリーを診察した。外科医はこう言った。

原注4　若いときのフラーは、ケンブリッジ州ソーハムの農夫で、ボクサーとして有名だった。ケンカ好きというわけではなく、強い勇者が練習で感じる「禁欲的な喜び」がなければ闘わなかった。スコットランドはデュナーンのチャールズ・スチュアート博士（フラーの友人）は、医師、聖職者、学者、紳士としてまれな才能と気品のある人だったが、彼より長生きした数少ない彼の知り合いの記憶の中だけに生きている。スチュアートが好きだった話によれば、フラーは壇上で説教しているとき、がっしりした男が教会の中央通路を歩いてくるのを見ると、敵と見立てて力量を推し量り、どう闘うかを予想し、本能的に「ボクシングの構え」をとり、背筋を伸ばして拳を握りしめたものだとフラーがよく話していたという。説教のようなボクシングをしていれば、フラーは手強いボクサーになっていたに違いない。「変人」スチュアートはそれを「困った奴」だと呼ぶだろう。

＊17　外科医とはブラウンの師匠ジェイムズ・サイムのこと。ブラウンの触診所見とサイムの見立てから、アイリーは乳癌だったことが分かる。

貴女（あなた）はこれが原因で間違いなく死ぬ。しかも、すぐにだ。しかし、これは切除できる。切除すれば、再発しない。すぐによくなる。貴女は手術したほうがよい。

アイリーは膝を曲げて会釈し、ジェイムズを見た後、「いつですか？」と聞いた。

「明日」寡黙（かもく）な外科医がやさしく答えた。

アイリーとジェイムズとラブと私は診察室を出た。アイリーとジェイムズが無口になったのに気づいたが、お互いに気遣っているように思われた。

翌日の正午、見学席が階段状に設置された階段手術室[*18]に学生たちが入り、大階段を駆け上った。最前列にある小さい黒板に紙切れが画鋲（がびょう）で止めてあり、そのそばに古い画鋲がたくさん残っていた。紙には文字が書かれていた。

＊18　階段手術室は座席がかなり急な階段状に配置された教室。一六世紀末に公開解剖のためにつくられた部屋で、一八世紀になると講義と手術にも用いられるようになった。

「本日手術――医療秘書ＪＢ[19]」

若者たちはいい席を取ろうと駆け上った。寄り集まり、興味津々で話し合った。「どんな症例なんだ？」「病気は右側か左側か？」

彼らを無神経だと思うなかれ。良くも悪くも、貴方（あなた）や私と違いはない。学生たちは医学の恐ろしさを克服して一人前になる。医学においては、情緒[20]としての彼らの哀れみは自然消滅するか、せいぜい涙を流し、大きな吐息（といき）が小さくなるだけである。一方、動機としての哀れみは増幅し、活力と目的を獲得する。人間の脆弱（ぜいじゃく）な特性にはそれが有用である。

階段手術室は満席だった。お喋りと戯（たわむ）れで騒がしかったが、これらはすべて若さの自然な現れだった。外科医は助手たちとその場に控えていた。

アイリーが入室した。穏やかな彼女を見て、気のはやる学生も静まった。この美しい老婦人には彼らもかなわなかった。学生たちは腰を下ろ

＊19　ＪＢはジョン・ブラウンの頭文字。

＊20　スコットランドの哲学者ヒュームは人間の感情を情緒emotionとしての感情と動機motiveとしての感情に分類した。前者は感情に関する一般的な概念で、後者は人間の行為や社会活動を起こさせる動機になるとされている。

し、沈黙し、彼女を見つめた。この素朴な若者たちは彼女に存在感を感じていた。彼女は早足だったが急いではいなかった。リンネルの帽子をかぶり、ネッカチーフを巻き、浮縞綿布（うきしまめんぷ）の白い短い上着と黒いボンバジーンのスカートに身を包み、白い毛織りの靴下と室内靴をはいていた。彼女の後ろにはジェイムズとラブがいた。ジェイムズは離れて腰掛け、膝の間にラブの大きいみごとな頭を抱えた。ラブは危険を感じて困惑しているようだった。絶えず耳を立てては垂らしていた。

外科医がやさしく指示し、アイリーは腰掛けを踏み台にし、手術台に身を横たえた。身体を伸ばし、ジェイムズをチラッと見て目を閉じ、助手をしていた私に目を留め、私の手を取った。

手術はすぐにはじまった。手術がゆっくりなのはやむを得なかった。病める神の子たちへの最高の贈り物である[21]クロロフォルムはまだ知られていなかった。外科医は自分の仕事を行った。彼女の蒼白い顔には苦

*21　クロロフォルムの麻酔作用は一八四七年にスコットランドの医師シンプソンが発見した。

痛がにじんでいたが、彼女は微動だにせず沈黙していた。

ラブの魂は体内で動いていた（図5）。ラブは何か奇妙なことが行われているのを見た。女主人から血が流れ出た。彼女は傷ついている。ラブの垂れた耳が立ち、情報を求めた。うなり、ときどき耐えきれずに鋭く高い声で鳴いた。ラブは外科医に何かしてやりたかった。しかし、ジェイムズがラブをしっかり押さえ、ときどき顔をしかめ、蹴るぞとほのめかした。これらのすべてがジェイムズに幸いした。彼の目と心をアイリーから引き離してくれた。

手術は終わった。彼女は包帯を巻かれ、礼儀正しく手術台から降り、静かに踏み台を下りてジェイムズを捜した。そして、外科医と学生たちに向き直り、膝を屈めてお辞儀をし、低くはっきりした声で、粗相がございましたらお詫びいたしますと述べた（図6）。学生たちと私たちはみな、こどものように嗚咽した。外科医は注意深く彼女を支え、ジェイム

図 5　ラブの魂は体内で動いていた …… ジェイムズがラブを
しっかり押さえた

ズと私に彼女の身をゆだねた。アイリーは病室にもどった。ラブがその後に付き従った。

私たちは彼女をベッドに移した。ジェイムズは爪先と踵が二重で覆いが多くの鋲で固定された重い靴を脱ぎ、テーブルの下に注意深く押し込み、「ジョン先生、あんたんとこの看護婦はアイリーには他人だから当てにできねぇ。ワシが世話をする。仔ネコみたいに注意深く靴下だけで歩き回るよ」と言った。彼はその通りにした。あのゴツゴツした手の、冷淡で、高飛車な小男が、気が回り、賢く、敏捷で、やさしくなった。彼は彼女にあらゆることをした。ほとんど眠らなかった。暗闇から小さな鋭い目でじっと彼女をみつめている彼を何度も見た。しかし、それまでと同じように、二人は無口だった。

ラブは行儀よく、動かず、じっと我慢しておとなしくしていられることが分かった。しかし、寝ているときのラブは敵と闘っていると思われることがあった。毎日私と散歩し、キャンドルメイカー通りまで行くことが多かった。しかし、ラブは憂鬱（ゆううつ）そうでおとなしかった。闘う機会は何度かあったが、彼は誘いに乗らなかった。侮辱（ぶじょく）を受けることもあったほどだった。いつもすぐに方向を変え、早足でもどり、明るい階段を駆け上り、まっすぐドアに向かった。

雌（めす）ウマのジェスは風雨で傷（いた）んだ馬車といっしょにハウゲートに送られた。ボンヤリと静かな瞑想（めいそう）にふけっているに違いない。主人もラブも不在で、思いがけなく馬車と運搬から解放され、間違いなく混乱しているだろう。

アイリーは数日間は順調だった。手術創は「化膿しないで」[*22]治った。ジェイムズが「アイリーの肌は膿（うみ）もなくてきれいだ」と言っていたからである。学生たちが心配して見舞いに訪れ、ベッドの回りで静かにしていた。彼女は若い無邪気な顔を見るのが好きだと言った。外科医は包帯

＊22　消毒法のない時代は、化膿しないで傷が治ることを「第一志向による **by the first intention** 治癒」と呼び、化膿して肉芽ができて治ることを「第二志向による治癒」と呼んだ。「志向」は中世スコラ哲学の用語で、アラビア語の直訳である。「第一志向」を意味するアラビア語 **qasd al-awwals** は「直接」を意味し、「第二志向 **qasd al-thani**」は「間接」という意味だった。すなわち、創面が直接くっつくことを「第一志向による治癒」、創面が肉芽を介して間接的にくっつくことを「第二志向による治癒」といったのである。

図6　膝を屈めてお辞儀をし、低くはっきりした声で、粗相がございましたらお詫びいたしますと述べた

交換し、言葉少なにやさしく話しかけ、目で同情を示した。ラブとジェイムズは席を外していた。ラブはもう外科医を許し、なついてさえいた。また、今のところ何も心配する必要はないが、予想にたがわず、異変に対して常に備えることを決意していた。

それまでは順調だった。しかし、[*23]手術後の四日目、急にしつこい悪寒（おかん）に襲われ、彼女はそれを身体の「愚痴（ぐち）」になぞらえた。私はすぐに診察した。彼女の目は強く輝き、頬は赤らんでいた。落ち着かず、それを恥じていた。体液の均衡が失われていた。悲劇がはじまっていた。手術創を見ると、朱を刷（は）いたように発赤しており、[*24]異変の理由は明らかだった。脈搏は速く、自分では違うというが呼吸は不安そうで速く、落ち着けずに苛立（いらだ）っていた。私たちはできることをした。ジェイムズは何でもやり、いつも傍（そば）にいた。煩わせないように、つかず離れずだった。ラブはテーブルの下の暗がりに入り込み、じっと動かず、目だけであらゆるものを

＊23　手術後の日数は、手術当日を術後第一日、翌日を第二日というように数える。

＊24　膿の排出がほとんどなく、患部の皮膚が鮮紅色に染まるのは、丹毒と呼ばれる連鎖球菌感染症の特徴である。消毒法のない時代、手術による死亡と産後の死亡（産褥熱）の最大の原因は丹毒だった。消毒法と抗生物質のなかった時代、丹毒になると、細菌が血液中に入り込んで敗血症になり、高熱などの重篤な全身症状を起こし、うわごとをいったり、不穏状態になって死亡した。

追っていた。
アイリーの病状は悪化した。彼女の心は徐々にさまよいはじめた。それはジェイムズへの態度にはっきり現れた。質問の仕方にすぐに現れ、ときにははっきりと現れた。ジェイムズは苛立って言った。「いつもの女房じゃない。全然違う」。一時的に自分の頭がおかしいことに気づき、この親愛なるやさしい老婦人はいつも許しを求めた。精神錯乱（さくらん）が強くなり、もどることはなかった。彼女の脳は破壊され、悲惨な光景がやってきた。

知性[*25]の力は言葉と物を通して、
おぼろげな、危険な道を探求しました。

彼女は古い歌と賛美歌を少し歌ったり、急に歌を止めたりした。ダビデ賛歌[*26]やキリストの託宣（たくせん）がひなびた民謡の断片とまぜこぜになった。

＊25 ワーズワス著、田中宏訳『逍遙』第三巻「失意」七〇〇～七〇一行、（成美堂、一九八九年）。
＊26 旧約聖書の『詩篇』のこと。

これほど心を打つ光景、ある意味で奇妙なほど美しいといえる光景は見たことがなかった。彼女のスコットランド訛りは、震え声で、流暢で、やさしく、せっかちだったが、今は、早口で、漠然として、たどたどしく、まごついた話し方だった。輝く危険な目つきだった。少し荒い言葉を使ったり、些末な家事や死んだ人の名前をジェイムズに話し、早口の「聞き慣れない」声でラブを呼んだ。ラブは驚いてビクッとし、何かを叱られたか空耳を聞いたかのようにそっと逃げた。彼女は盛んに質問や懇願をし、一生懸命に見えたが、その内容はジェイムズと私に理解できず、理解されないまま収まった。それは悲しいことだったが、まだましなほうで、悲しいとさえいえないことが多くあった。

　ジェイムズはうろつき回り、みじめに困り果てていたが、相変わらず活発で几帳面だった。アイリーの状態がよいときは聖書を読み聞かせ、賛歌、散文、韻律の短い一節を無骨できまじめに歌い、気の利いたことをいって知識の広さをみせ、男らしく気落ちせず、「ワシのアイリー」「女房のアイリー！」「ワシのかわいい愛しい人！」と呼んでいつくしんだ。

最後のときが近づいていた。金の皿[*27]は砕け、銀の紐は解けはじめていた。[*28]「かの（肉体の）賓客（ひんきゃく）にして伴侶（はんりょ）なるやさしくもいとおしき漂泊（ひょうはく）の魂」は、肉体から逃げ出そうとしていた。六〇年間連れ添った肉体と魂は切り離され、別れようとしていた。彼女はたったひとりで、誰もがいつかは通る、あの死[*29]の陰の谷を歩いていた。しかし、彼女はひとりではなかった。神が鞭と杖で彼女を力づけていることを私たちは知っていた。

ある夜、彼女は静かになった。私たちが望んだ通りに寝入った。彼女は目を閉じた。私たちはガス灯を暗くし、座って彼女を見守った。

突然、彼女は身を起こした。ベッドの上に丸めてあった寝間着を手に取り、一心に胸に、右の乳房に押し当てた。丸めた服を押し当てながら、

＊27　旧約聖書『コヘレトの言葉』第一二章六節（新共同訳）。銀の紐は霊魂と肉体を結びつけていると考えられていた。
白銀の糸は断たれ、黄金の鉢は砕ける。
泉のほとりに壺は割れ、井戸車は砕けて落ちる。

＊28　ハドリアヌス帝の辞世詩。山崎正雄訳『ラブとその友』（英宝社）。

＊29　旧約聖書『詩篇』第二三篇第四節（新共同訳）。
死の陰の谷を行くときも　わたしは災いを恐れない。
あなたがわたしと共にいてくださる。
あなたの鞭、あなたの杖　それがわたしを力づける。

図 7　なんてことだ …… アイリーはこれをあの子だと思っているんだ

彼女の目は驚くほど優しさと喜びに輝いて見えた。乳を吸う赤子を抱くように、彼女はそれを抱きかかえていた。着ているガウンを気ぜわしげに押し広げ、しっかり抱いた寝間着の上を被い、戯言(ざれごと)をつぶやいた。まるで母乳を飲んで満足した赤子をあやしているかのようだった。やつれて死んでいく彼女に、強烈で、それでいてあいまいな、彼女の大きな愛を見るのは、哀れだったが、不思議に思われた。

「なんてこった!」とジェイムズはたまらずにうめいた。

やがて、彼女は丸めた服を前後に揺すり、まるでそれを静かに寝かしつけ、無限の愛をそれに注いでいるかのようだった(図7)。

「なんて哀れなんだ。先生、アイリーはこれをあの子だと思っているんだ」

「あの子?」

「ワシらにはひとりだけこどもがいた。ワシらのかわいいミジー。四〇年以上前に天国に召されたんでさぁ」

乳房の痛みが緊急情報として脳に伝えられ、壊れて錯乱した彼女の脳は勘違いして誤解した、というのが真相だった。乳房の痛みは、彼女にとって張った乳房の違和感になり、そして赤子になり、さらに張った乳房と赤子が一緒になった。彼女の胸にはかわいいミジーがいた。

これが幕切れだった。彼女は急速に衰弱した。精神錯乱は消失した。しかし、何か話しても、彼女は「完全なおバカさん」だった。それは最後の暗闇が訪れる前の輝きだったのだ。しばらく横になった後、彼女は目を閉じたままで呼んだ。「ジェイムズ！」。ジェイムズが身を寄せると、彼女は静かに美しいまぶたを開き、美しい目でじっと彼を見つめ続けた。私にやさしい視線を向けたが、すぐにラブを探した。しかし、ラブは見つからなかったので、再び夫に目を向け、見つめるのを止めまいと決めたかのようだった。彼女は目を閉じて落ち着いた。

しばらく速い息づかいが続き、静かに息が止まった。亡くなったと思ったとき、ジェイムズは昔ながらのやり方で彼女の顔に鏡をかざし、鏡の曇りで呼吸を確かめた。長い無呼吸の後、かすかに小さく息をした。それが止まると、息吹(いぶき)はもどらなかった。一点の染みもない美しい虚(うつ)ろな暗闇が残った。

「ワシらの命は何なのだ？ わずかの間現れて、やがて消えて行く霧にすぎない」[*30]（図8）

こうしている間、ラブは目を覚ましてじっとしていた。私たちに近づいて前に出た。ジェイムズが握っていたアイリーの手は下に垂れ、彼の涙で濡れていた。ラブはその手を念入りに舐(な)め、彼女を見つめ、テーブルの下の住み処(すみか)にもどった。

ジェイムズと私は座り込み、どのくらいの間だったか分からないが、しばらく無言でいた。彼は急に立ち上がり、騒々しくテーブルまで歩き、

＊30　新約聖書『ヤコブの手紙』第四章一四節（新共同訳）。
あなたがたには自分の命がどうなるか、明日のことは分からないのです。あなたがたは、わずかの間、現れて、やがて消えて行く霧にすぎません。

図８　ワシらの命は何なのだ？ 霧にすぎない

右手の人差指と中指を差し込み、靴を引き出した。靴をはくとき、靴ひもを一本ちぎり、怒ってつぶやいた。「こんなヘマはしたことがないのに」

彼は今までそんなことはしなかったし、その後もしていないはずだ。「ラブ!」とぞんざいに呼び、親指をベッドの底に向けた。ラブは飛び上がり、頭と目を死者の顔に近づけた。「ジョン先生、ちょっと待っていてくだせぇ」と御者は言った。そして、暗闇に消え、重い靴で大きな音を立てて階段を下った。私は前窓に走り寄った。彼はもう病院の角を回って門から出るところで、影のように去って行った。

私はジェイムズのことを心配していたが、もう心配はしなかった。それで、ラブの傍に腰を下ろし、疲れて眠り込んだ。突然外に物音がして目が覚めた。一一月だったので、大雪が降っていた。ラブはじっ、と、し、て、いた。物音に気づき、何の音かすぐに分かったが、ラブは動かなかった。

私は外を見た。まだ日の出前の薄暗い朝で、門のところに馬車とジェスがいた。年老いた雌ウマから湯気が立ち上っていた。ジェイムズはいなかった。彼はすでに階段を上り、ドアのところで私と会った。彼が出かけてから三時間も経っていなかった。彼は一一キロ離れたハウゲートまで急いで行って帰ってきたに違いなかった。どうやったかは分からない。手綱を操り、驚くジェスを駆り立てて都会にもどって来た。

　彼は汗を流し、手にいっぱいの毛布を抱えていた。私にうなづき、床に二組の清潔な古い毛布を広げた。毛布の隅には赤い毛糸で「ＡＧ、一七九四年」という大きな文字の刺繍があった。アイリーの旧称アリソン・グレイムの頭文字だった。ジェイムズがこの毛布のことを知ったのは、刺繍している彼女を外から見たからかもしれない。見たことはないとしても想像はしただろう。多くの丘を越えて何キロも歩き、「[*31]ヘトヘトに疲れて」帰ってきたとき、「[*32]みんなが寝た後で」暖炉の前に座り、彼女が

＊31　ロバート・バーンズの詩（無題）（一七九〇年）。

＊32　トーマス・ワトソンの詩 The Deil in Love（一八四五年）。

暖炉の灯(あか)りでジェイムズのベッド用の毛布に自分の名前を刺繍しているのを見たことはあったのかもしれない。

彼はラブに降りるように身振りで命じ、妻を腕に抱き上げて毛布の上に横たえ、注意深くしっかりと包み、顔は出して置いた。ジェイムズは彼女を再び抱き上げ、私に決意を込めて強く頷(うなず)いた。しかし、まったくみじめな顔で、廊下を大股で歩いて階段を降り、その後をラブが続いた。私は灯りをもって続いた。しかし、彼に灯りは不要だった。私は愚かにもロウソクを手にして外の静かな凍(い)てつく大気の中に出た。すぐ門に着いた。彼を手伝うことはできたが、彼はいやがるだろうし、頑健なので必要ないと私は考えた。一〇日前に馬車から抱き下ろしたときと同じように――まだ「ＡＧ」だった彼女をはじめて腕に抱いたときと同じようにそっと――やさしく慎重に彼女を馬車に下ろした。彼女の身繕(みづくろ)いをし、毛布を広げて美しい顔を天に向けた。そして、ジェスの頭を引き、

図９　最後の旅路

彼は去って行った。彼は私に注意を払わなかった。ラブも同じで、馬車の後でしんがりを務めていた（図9）。

彼らが大学の裏道を通り、ニコルソン通りに出るまで、私は立っていた。通りを南下する一台きりの馬車の音が聞こえ、弱まっては強くなった。私は彼らの足取りを想像しながら家路についた。一行はリバートン坂通りを南下し、ロスリン荒地の西側を通る。赤い朝日がペントランド丘陵を照らすと、一行がそれをながめる亡霊のように見える。オーチェンディニーの森を通って丘を下り、「呪われたウッドハウスリー城」[*33]を通り過ぎる。朝日が東方の寒々しいラマーミュア丘陵をよぎり、ジェイムズの家のドアに届くと、一行は立ち止まり、ジェイムズは鍵を取り出す。アイリーを再び抱き上げ、彼女のベッドに横たえる。ジェスを馬小屋に引き入れ、ラブを連れてもどり、ドアを閉める。

ジェイムズは妻を埋葬し、近所の人からお悔やみを受けた。ラブは葬

＊33　ウォルター・スコットの詩 The Grey Brother（一七九九年）。

式の様子を遠くからながめていた。雪がつもっていた。こんもりした完璧な白いクッションのど真ん中で、黒い凸凹の穴が奇妙に見えた。

ジェイムズはすべてに気を配った。その後、急に具合が悪くなった。医者が来たときには意識がなく、まもなくして亡くなった。

村では微熱が流行っていた。彼は睡眠不足で、疲労困憊し、悲嘆していたので、病気をもらいやすかったのだ。

再び墓を開くのは難しくなかった。またもや雪が降り、すべてを白く滑らかにした。ラブはもう一度みつめ、馬小屋にそっと帰った。

ラブはどうしたかって？　ジェイムズの営業権は買い取られ、新しい御者がジェスと馬車の持ち主になった。葬式の翌週、その御者にラブのことを訊ねた。

「ラブがどうしたって？」彼は返事をはぐらかし、邪険に言った。

「あのイヌに何の用だ？」

私はごまかされなかった。「ラブはどこだ？」

彼は困って赤くなり、髪をいじりながら言った。「実は、先生、ラブは死んだんでさぁ」

「死んだって！　何が原因だ？」

彼はさらに赤くなり、「ええと、先生」と言った。「本当は、病死じゃなくて、憤死したんでさぁ。奴は、ロープを締める棒で頭を殴らなきゃなんないほど、どうしようもなかったんで。馬小屋に閉じこもって、出てこようとしなかった。キャベツと肉を使って誘い出そうとしたけど、何も食べようとしなかったんでさぁ。奴は食べてくれなかった。いつもうなって、あっしの足を咬みやがった。あっしは老犬を死なすのは気が進まなくてね。でも、奴はここことソーンヒル[*34]との間にいるのが嫌だったんでさぁ。しかし、本当に、先生。ほかにはどうしようもなかったんで

＊34　エディンバラの東南九〇キロの町。

さぁ」

私は彼の話を信じた。ラブにふさわしい最期で、突然の完璧な死だった。彼にはもう歯もなく、友たちも失ってしまった。どうして迷惑をかけずに生きて行けただろうか？

ラブは川に近い丘の斜面に埋葬された。生前のラブは村のこどもたちととても仲がよく、ラブが日向の戸口でうたた寝していると、こどもたちはラブのでっぷりした腹に寄りかかって座っていたものだった。そのラブの親しい仲間たちが遠くからラブが埋葬されるのをながめていた。

『ラブと友たち』の序文

エディンバラ、一八六一年

四年前、母方の叔父スミス牧師から私の故郷ビガーで講演を頼まれた。ビガーはラナークシャー州上区の中心の瀟洒（しょうしゃ）な町である。私はそれまで講演の経験がなく、そんな才能はなかった。しかし、叔父は急いでいたし、私自身こどもの頃に別れた健全な心の素朴な人たちに何か話してみたいという妙な気持ちになった。しかし、何を話したらよいのか分からなかった。

結局、私は「アイリーの話をしよう」と考えた。彼女のことは何度も思い出し、心の痛みとともに定期的に思い出していた。話してもらうことを要求しているかのように、ラブが出入り口でクーンと鳴いているような気がした。
なんて彼は気弱でやさしいのかとささやく[*35]
死の床でジェイムズがアイリーのことを世界中に話してくれと私に頼んでいるような気もした。しかし、まさに言うはやすく行うはかたしだった。原稿はなかなか書けなかった。ようやく、ハンレーの店で楽しい夕食――ハンレーでの夕食はどうしていつも楽しいのか――を終えて車でひとり帰宅するとき、真夏の夜の
かすかな光、影、そして至高の平和[*36]
を通り抜け、一二時に座って四時に立つまでに原稿を完成した。私は満

＊35 ワーズワスの詩 The author's sixty-third birthday（一八三三年）。

＊36 ワーズワスの詩 Evening ode（一八二〇年）。

足し、凍えてベッドにもぐり込んだ。ほとんど推敲しなかったと思う。それをビガーの校舎で読んだときは不安で、読み方がまずいと感じた。聴衆の素朴な顔がやさしい困惑した表情でそれを表していた。帰宅するとき、この話を気に入ってくれた友人たちにこの原稿を渡した。この原案は、こうして活字になり、挿絵が添えられた。ロジャーズの冗談を借りれば、「皿はなくても盛りつけはできる」のだ。

気さくな才人たち、トレヴェリアン男爵夫人、ブラックバーン夫人、ジョージ・ハーヴィ、ノエル・ペイトンが挿絵を描いてくれたが、トレヴェリアン夫人以外の絵が採用された。彼女の絵は、御者が雪道を馬車で帰る場面だが、私の記述とは設定が違い、不適切だった。荒涼とした広い田舎の光景で、小さいが情緒あふれる絵だった。哀れな男が泥道に驚くジェスをせかしている、その一行の小ささと、その絵に込められたもの——自然の静寂、冷たさ、無慈悲な広大さ——を知れば、命の痛ましさはすぐに分かった。

私はラブに関する世評が気になり、出版をためらった。しかし、ラブはのんびりしていたこともあったかもしれないと言う友人もいたし、実際そうだった。この本でラブに新しい友人が増えると考えれば、私はとてもうれしい。

ある日、私がビガーに行ったとき、やさしい住人がこの地方に特有の厳粛な笑みを浮かべ、ラブが幸せだったということは本から知った、私が講演で話したのと同じラブとは考えられなかったと言った。それは声の力が聴衆に少し断定的な印象を与えていたという証拠だった。

ラム・ストックス氏[*37]が丁寧に描いたこどもたちの顔は、友人の画家たちと私自身のこども時代と考えたい（図10）。遠い昔のことだという必要はない。この小話がまったく本当のことだという必要もないが、私がシェイクスピアだったら、どこが作り話なのか、どこが怪しいのかと言

*37　一八六二年から一八八二年に六度出版された『ラブと友たち』を担当した版画家。

図 10　ラブの友たち
cited from Rab and hisfriends, David Douglas, Edinburgh,1883

いたくなると思う。

これはあまりにも悲しい小説だと批判された。「なぜ私をこんなに苦しませるのか？」と嫌味っぽく言う人が多かった。しかし、そのことを父に話したとき、父の返答は「その人たちはなぜ苦しもうとしないのか？　彼女は苦しんだ。苦しめば彼らは楽になる。[38]かのアリストテレスは、哀れみ、本当の哀れみには〈心を浄化する力〉があると言った」というものだった。どんな小説でも最後は善と歓喜が厄災（やくさい）と悲嘆に打ち勝つ――いつもハッピーエンド――という大きな喜びがあり、[39]すべての愛すべきことからはじまり、真実なことや名誉なことが続く。しかし、悲嘆に終わっても、[40]想像力で他人のために一緒に苦しむことに喜びがある。それは人間のきわめて不思議で強力な性質のひとつである――

[41]その強いものは、人間の苦しみから湧き出して来る

＊38　ミルトン『闘士サムソン』（一六七一年）。

＊39　新約聖書『フイリピの信徒への手紙』第四章八節（新共同訳）。終わりに、兄弟たち、すべて真実なこと、すべて気高いこと、すべて正しいこと、すべて清いこと、すべて愛すべきこと、すべて名誉なことを、また、徳や称賛に値することがあれば、それを心に留めなさい。

＊40　ブラウンはヒュームやアダム・スミスの「共感」という概念から影響を受けていたと思われる。ヒュームやスミスによれば、他人の感情に起因する言動を観察する者には、想像力によって他人のものに等しい感情が生まれる（共感する）という。

＊41　ワーズワスの詩 Ode, intimation of immortality（一八〇七年）。訳詩は下記を参照。http://noerukaerufueru.seesaa.net/article/377553941.html

鎮魂の思いのなかにある

というのは、同情[*42]するだけでは何の価値もないからである。自分の痛みがいくらかでも伴わなければ、同情に価値はない。それゆえ、来世こそが

消[*43]えてしまった手の感触を求め、
やっと聞き取れる程の声を求めること

に永遠の意味を与える。私たちの心と知性は、アイリーとその「伴侶」とともに、痛みのない世界、誰も「病[*44]を訴える」ことのないあの世に向かう。娘を亡くしたキケロ[*45]の哲学、愛する女性を失ったカトゥルスの嘆き、「食[*46]らえ、飲め」という聖書の言葉とその怖ろしい「理由」につい

＊42　一九世紀に共感という意味の英語はなく、ブラウンにとってsympathyは同情という意味にすぎなかった。ヒュームとスミスはsympathyを共感という意味に用いたが、「共感」という概念は二〇世紀はじめにドイツ語のEinfuhlung（感情移入）からempathy（共感）という英語がつくられたときに確立した。

＊43　テニスンの詩Breake, Break, Break（一八四二年）。訳はhttp://kyotakaba.seesaa.net/article/388797049.htmlを参照。

＊44　旧約聖書『イザヤ書』第三三章二四節（新共同訳）。都に住む者はだれも病を訴えることはない。都に住む民は罪を許される。

＊45　キケロ『トゥスクルム荘対談集』（紀元前四五年頃）。

＊46　旧約聖書『イザヤ書』第二二章一三節、（新共同訳）。食らえ、飲め、明日は死ぬのだから。

てホラティウス[*47]が面白く言い換えた陰気な話はすべて、「私は復活であり、命である」という聖書の一節[*48]を信じた御者とその妻の素朴な信仰に行き着く。

私には時空を越えてアイリーの甘い、ぼんやりした、さまよう声が聞こえるような気がする。その声はこう言っている。

私たちのかわいい赤ちゃんは、ジョン[*49]
あの女の子はかわいくてきれいだった、ジョン
だけど、ああ！　あの子の傷は残念だったわね、ジョン
誠実なる者の地[*50]に行くには。

でも、悲しみは過去のものよ、ジョン
喜びがすぐにやってくる、ジョン

＊47　ホラティウス著『歌集』第一巻第一一歌（鈴木一郎訳『ホラティウス全集』、玉川大学出版部、二〇〇一年）。
この日を楽しめ。明日の日はどうなることか分からぬから

＊48　新約聖書『ヨハネの福音書』第一一章二五節（新共同訳）。
わたしは復活であり、命である。わたしを信じるものは死んでも生きる。生きていてわたしを信じる者はだれも、決して死ぬことはない。

＊49　オリファントの詩 The land o'leal（一七九八年）。

＊50　天国のこと。

その喜びはいつまでも続くのよ、ジョン
誠実なる者の地では。

訳者あとがき

乳癌治療の歴史をひもとくと、医学書ではないにもかかわらず、よく引用される短編小説がある。それが本書の原作で、一八五八年にスコットランドの医師ジョン・ブラウンが書いたRab and his friendsである。

本書は、このRab and his friendsにブラウンの随筆「うちのイヌたち」の一節を追加して編集された一九〇九年版を底本とし、さらに一八六一年になってブラウンが書いた序文を訳者が跋文(ばつぶん)とみなしてこれらの後ろに追加したものである。また、本書の題名は『ラブと友たち』としたが、これだけでは何の本か分からないので、「手術に立ち会ったイヌ」という副題を添えた。

この短編小説が乳癌治療の歴史に引用されるのは、著者のブラウンがエディンバラ大学の医学生だったときの実話だからである。

ブラウンは随筆集『余暇』第一巻の序文で「厳密にいえば、この話は基本的に事実である」と述べている。ブラウンの伝記を書いたペディー[*51]は、この記述に基づき、ミントーハウス病院の記録から一八三〇年一二月のアイリーの手術記録を探し出した。さらに、その後の調査[*52]により、ジェイムズとアイリーは本名がジョンとマー

*51 Peddie A: Recollections of Dr. John Brown, Author of "Rab and His Friends", etc., Percival & Co., London, 1893

*52 http://lothianlives.org.uk/rab-and-his-friends-a-midlothian-story/ 参照。

ガレットのジャクソン夫妻で、一八〇七年に結婚し、七人の子に恵まれたことが明らかにされた。また、二人の墓がハウゲートに近いペニキュイック村の聖マンゴー教会にあることが分かり、一九二〇年以来この教会に記念銘板が設置されている(左頁図)。

『ラブと友たち』はブラウンの著作のうちでもっとも有名で、一八五八年に故郷のビガーで講演という形で発表された。講演は聴衆の心をつかみ、すぐにパンフレットが作成され、翌一八五九年に単行本として出版された。同じ年に出版されて驚異的に売れたというダーウィンの『種の起源』は五万部が売れるのに一九世紀末までかかったが、『ラブと友たち』[*53]はブラウンが死ぬ一八八二年までに五万部が売れたといわれている。本の価格と内容が大きく違うので単純な比較はできないが、この本の人気が分かる。

繰り返すが、『ラブと友たち』は実話である。老犬のラブが飼い主のジェイムズとアイリーに捧げた愛と忠誠の記録であるとともに、麻酔法も消毒法もない時代に手術を受ける患者の勇気を語った感動的な記録でもある。

淡々とした語り口で、大仰な表現がなく、感動を無理強い(じ)しない文章なので、かえって悲哀が強く感じられる。一九世紀[*54]のイギリスの産婦人科医ローソン・テイトはときどき学生に読み聞かせたが、この無愛想(ぶあいそう)でいかめしい外科医がいつも涙

*53　Masson DM: Dr. John Brown of Edinburgh. Mac Millan's Magazine 47: 281-295, 1883.

*54　Wangensteen OH, Wangensteen SD: The Rise of Surgery. From Empiric Craft to Scientific Discipline, Wm Dawson & Sons, Folkestone, Kent(England), 1978

聖マンゴー教会のラブ記念銘板
cited from https://en.wikipedia.org/wiki/Rab_and_his_Friends

を浮かべていたという。また、二〇世紀はじめにアメリカの作家マーク・トゥエインはこの短編小説を「痛ましくも美しい最高傑作」[*55]とたたえた。[*56]最近でもオーストラリアの歴史学者スタンレーは、その著書『痛みを怖れても』で、この短編小説を大きく取り上げている。

ブラウンの経歴と文筆活動

ジョン・ブラウンは、一八一〇年にスコットランドのラナークシャー州ビガーで、有名な神学者が三代続く長老派キリスト教徒の家系に生まれた。英米にはジョン・ブラウンという名前の有名人が多いが、彼の祖先も同姓同名だった。曾祖父のジョン・ブラウンはハーディントン出身で、『聖書自己解釈』の著者として有名である。祖父のジョン・ブラウンはウイットバーン出身で、長老教会の重要人物だった。父のジョン・ブラウンは、長老教会の神学論争で重要な役割を果たした。

本書の著者ジョン・ブラウンは、六歳のとき母親を亡くし、一二歳まで父親といっしょに寝た。彼は聖職者の道を選ばず、エディンバラ高校からエディンバラ大学の医学部に進学した。一八二七年に新進気鋭の外科医ジェイムズ・サイムの徒弟(とてい)になって外科医を目指したが、途中で文学に関心を寄せるようになり、目標を内科医に変更した。一八三二年からケント州チャタムの病院で内科の研修を積み、

*55 Frank MB, Smith HE: Mark Twain's Letters, vol 6, University of California Press, Berkeley, 2002

*56 Stanley P: For fear of pain. Radopi BV, Amsterdam, 2003

一八三三年に医学博士を取得した後、エディンバラで開業した。

ブラウンの文筆活動は一八四六年に雑誌社から原稿を依頼されたことからはじまった。スコッツマン新聞にこれが評価され、定期的に原稿を頼まれるようになった。ブラウンは一二歳まで学校ではなく父親から教育を受け、ギリシア・ローマの古典に精通していた。それゆえ、彼の著作は古典からの引用にあふれている。

一八五八年、それまでに書き溜めた原稿をまとめ、『余暇』という表題で出版した。おもに医者の備品と仕事を扱った随筆集だった。『ラブと友たち』は、この『余暇』には収載されず、一八五九年に単行本としてはじめて出版され、その後も挿絵はあったりなかったりだったが単行本として何度も出版された。一八六二年にアメリカで編集されたブラウンの著作集『閑暇（かんか）』では筆頭に収載されて広く読まれ、『ラブと友たち』は各国語に翻訳された。こうしたことにより、作家としての名声が確立され、ブラウンにとって文筆活動の道が大きく拓かれた。一八六一年には『余暇』第二巻を出版したが、この巻は医療以外のことがテーマである。

ブラウンは一八四〇年に結婚したが、一八六四年に妻を失って以来、うつ病の発作に襲われるようになった。しだいに発作の頻度と持続期間が増大していったが、妹のイザベラが彼を支えた。妹の献身により病状は改善し、一八八二年に『余暇』第三巻を出版することができた。しかし、改善したのは束（つか）の間で、まもなく再発した。『第三巻』を出版した年、ブラウンは風邪をこじらせ、胸水で死亡した。
[*57]随筆集の『余暇』とくに第一巻をみると、ブラウンは保守的で、進歩に不寛容な医師だったことが分かる。男性の医師が分娩を介助する男(おとこ)産婆に反対し、女医をホメオパシーと同類の「仇敵(きゅうてき)」とみなし、これらを忌み嫌っていた。顕微鏡、聴診器、化学分析などの進歩的な道具を忌避(きひ)し、洞察力が鈍麻(どんま)すると主張した。また、学校教育は記憶力を養うだけだと反対し、徒弟制度を強く推奨した。

*57 Packard FR: The author of "Rab and his friends", Dr John Brown, of Edinburgh. Med Lib Hist J 1: 77-89, 1903

アイリーの乳癌手術

『ラブと友たち』の魅力のひとつは、一九世紀前半のイギリス外科学を彷彿(ほうふつ)とさせてくれることである。アイリーの手術から明らかなように、ブラウンの徒弟時代には、患者は麻酔なしで手術を受け、その多くが感染症で死亡していた。
[*58]このような無麻酔手術の悲惨さに耐えかね、外科医になることを断念する医学生は少なくなかった。進化論で有名なチャールズ・ダーウィンもそのひとりで、ブラウンがエディンバラ大学に入学した頃、手術の途中で大学の手術室から逃げ出し、二度ともどることはなかった。ブラウンの伝記作家ペディーによれば、外科医を目指していたブラウンは、アイリーの手術を手伝った頃から凄惨(せいさん)な手術にひるむようになり、目標を外科医から内科医に変えたという。

*58 Raffensperger J: Two Scottish tales of medical compassion. Cosimo Classics, New York, 2011

手術による疼痛と感染は、ブラウンが存命中の一九世紀半ばに克服された。疼痛を除去する麻酔法は一八四六年にアメリカで開発され、感染を予防する消毒法は一八六七年にイギリスのジョゼフ・リスターが開発した。

イギリスではじめての麻酔下手術[*59]は一八四六年の暮れにロバート・リストンが行った。ブラウンの師匠ジェイムズ・サイムは、リストンの従兄弟で、リスターの義父だったので、当時の外科学の最先端に近いところにいたことが分かる。それゆえ、徒弟期間の終了後も元師匠のサイムと親交を結んでいたブラウンは、その交友関係を通してエディンバラ医学界の有名人たちと知り合うことができた。

ジェイムズ・サイムは、進歩的な外科医で、多くの徒弟を抱えていた。ブラウンはサイムの三番目の徒弟で、ブラウンの伝記作家アレクサンダー・ペディーは一三番目だった。サイムは一八二九年に二四床のミントーハウス病院を開設し、一八三三年にエディンバラ大学の外科学教授になるまで、この病院で診療と教育を行った。ブラウンは、ここでサイムの手術と回診を手伝い、病院の薬剤師と医療秘書も兼務した。『余暇』第一巻の序文で、ブラウンがサイムについて「無駄口をきかず、インクや血を一滴も無駄にしない」人物と評したことは有名である。

サイムがアイリーの乳癌を手術した一八三〇年に麻酔法はまだなかった。無麻酔手術の惨状は、アイリーの手術から理解できるが、一八一一年にパリで乳癌の

＊59　日本では、一九世紀はじめに華岡青洲がはじめて麻酔下で乳癌手術を行った。麻沸散を用いた麻酔下手術は、一般に一八〇五年に行われたとされているが、弘前大学の松木明知名誉教授の研究により、正しくは一八〇四年一〇月一三日に行われたことが明らかにされた。

手術を受けたイギリスの女流作家ファニー・バーニーが姉に書いた手紙からもよく分かる。彼女を手術したのはナポレオンの外科医ラレーで、手術時間は二〇分ほどだった。患者を拷問のような手術から早く解放するため、当時の外科医はできるだけ早く手術を終わらせる必要があり、その意味でラレーは当代随一の手術の名人だった。

バーニーによると、手術の痛みを「我慢して気持ちを抑え込むとよくないと言うのです……(手術のとき)私には遠慮なく叫び声をあげなさいなどという命令は何もいりませんでした。私は悲鳴を上げはじめ、それは手術の間中やむことなく続いたのでした——そして、耐えがたい激痛でした」[*60]という。乳癌の手術に限らず、手術中に患者が泣き叫ぶのは当時ふつうのことで、知識人のバーニーでも例外ではなかった。

当時の乳癌手術は一八世紀のフランスの外科医プティが確立した(左頁図)。癌を周囲組織とともに一塊にして切り取る、腋窩(えきか)リンパ節を取るなど、基本的な考え方を確立した。プティの術式は一九世紀末まで標準手術だった。

ペディーによると、サイムは手術の名人ではなかったが、その手術は「丁寧で、注意深く、解剖知識に基づいていたので、十分に大胆で早く、安全だった」。サイム自身は、乳癌の手術について「すばやく手術することより、恒久的な治癒が目的

*60 中村哲子「乳房切除―ファニー・バーニーの書簡より」。日医基礎科学紀要 32: 115-139, 2002

*61 Syme J: Principles of Surgery. 2nd ed., John Carfrae et al., Edinburgh, 1837

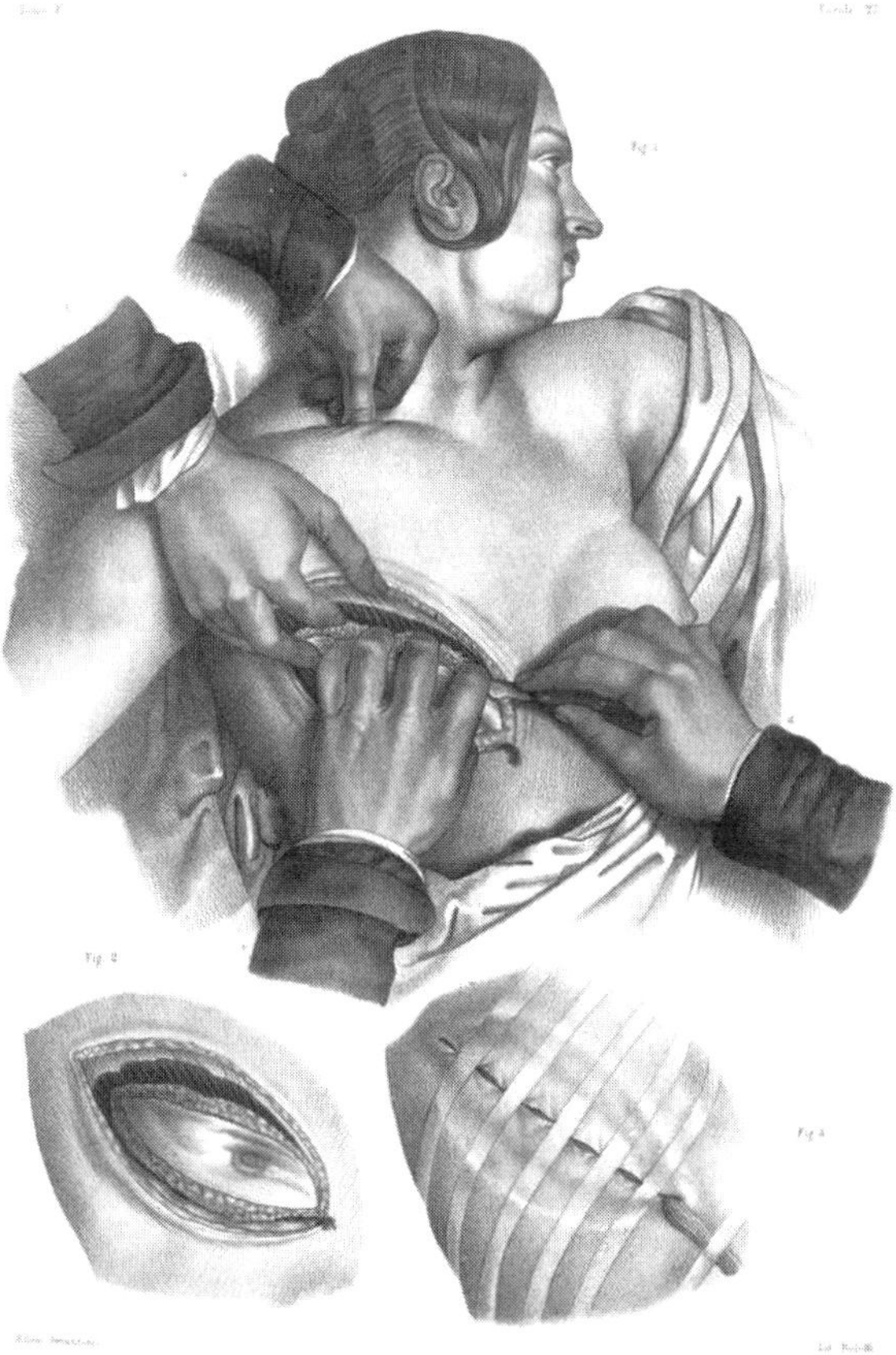

19 世紀の乳癌手術　　cited from Pancoast J：A treatise on operative surgery. Carey and Hart, Philadelphia, 1844

であることに留意する……腋窩に摘出すべきリンパ節があれば深部を切開する」と述べている。それゆえ、サイムの手術時間はラレーより長かったに違いない。ブラウンはアイリーの「手術がゆっくりなのはやむを得なかった」と述べている。

アイリーは無学な農婦だった。手術の見学に来た医学生たちは、手術がはじまるまで、アイリーがほかの患者と同じように金切り声で泣き喚(わめ)くと予想していたに違いない。しかし、手術中のアイリーは、驚くほど毅然とし、「微動だにせず沈黙していた」。ブラウンはさらりと書いているが、アイリーの凛々(りり)しさはまったく尋常(じんじょう)ではなかった。医学生たちがみな涙を流したのはそのためである。

手術の後、バーニーは二九年も生き延びたが、アイリーは数日後に死亡した。バーニーが長生きしたのは乳癌ではなかったからだといわれているが、アイリーが短命だったのは乳癌だったからではなく手術創が感染したためだった。

一九世紀の前半には、バイ菌が病気を起こすという考えがなかった。そのため、サイムは見学者がひしめき合う手術室で手術し、患者のアイリーは普段着で手術を受け、彼女とともに夫のジェイムズと愛犬のラブも手術室に入ることができた。当時の外科医には外科的な清潔という概念がなかったからである。

一般に、手術創の感染といえば、傷から膿(うみ)が出る化膿という現象を考える。昔は、色の薄いサラサラした膿が出ると命取りになることが多かったが、黄白色のねっとりした膿が出れば創傷はたいてい治っていた。化膿しないで治るのが理想的だが、消毒法のなかった時代は化膿することが多かったので、昔の外科医は黄白色で粘稠（ねんちょう）性の膿を「健全なる膿」と呼び、それが出るのを心待ちにした。

アイリーの手術創から膿は出なかった。それゆえ、「手術創は化膿しないで治った」ように見えた。しかし、アイリーは熱を出し、手術創の周囲は鮮紅色になった。これは連鎖球菌による蜂窩織炎（ほうかしきえん）で、丹毒（たんどく）と呼ばれる感染症である。抗生物質のなかった時代、丹毒は致命的な病気で、アイリーはすぐに死亡した。

アイリーの死戦期の精神錯乱と急激な死は、アイリーが手術の激痛をけなげに耐えていただけに、ひどく痛ましく感じられる。感受性の強いブラウンが受けたショックは大きかっただろう。進歩に懐疑的だったブラウンがクロロフォルムを「病める神の子たちへの最高の贈り物」とたたえたことや一八六一年に書いた『ラブと友たち』の序文から、そのショックの大きさが推察できる。アイリーの手術の後、ブラウンは「彼女のことは何度も思い出し、心の痛みとともに定期的に思い出し」、ジェイムズとラブの声を聞いたような気がしたと述べている。ブラウンが外科医から内科医に志望を変えたのは、哀れみという感情がその動機のひとつになったに違いない。

忠犬ラブ

『ラブと友たち』のもうひとつの魅力は、飼い主に対するラブの忠誠である。イヌが飼い主に忠誠を尽くすという話は昔から世界中にあるが、忠犬ラブが飼い主夫婦の後を追って死ぬという本書の話はかなりせつない。

さて、エディンバラの忠犬といえば、ボビーが有名である。ボビーは警官のジョン・グレイが飼っていたスカイテリアで、飼い主が亡くなった一八五八年から一四年間、主人の墓に寄り添い続け、エディンバラ市民にかわいがられた。一九世紀のイギリスでは動物愛護運動が盛んだったので、この運動の波に乗ってボビーのうわさは一気に広まり、ボビーが死んでから一年後の一八七三年にある篤志家(とくしか)がキャンドルメイカー通りの南端にボビーの小さな銅像を建てた(76頁図)。現在、この銅像はグレイフライアーズ・ボビーと呼ばれて親しまれ、エディンバラの観光名所になっている。

このように、イギリスにはイヌ好きが多い。ブラウンも三歳のとき小犬にかまれて怪我をしたにもかかわらずイヌが好きだった。「あれ以来ずっとイヌのことに〈咬みつかれた〉ままだ」と吹聴するほどの愛犬家だった。彼の飼っていたイヌたちを素描した随筆が「うちのイヌたち」である。

忠犬ボビーが主人の墓守(はかもり)をはじめた一八五八年、ブラウンはエディンバラから四〇キロ南西にある故郷のビガーで催された講演会で『ラブと友たち』を発表した。ブラウンはこの講演を闘犬の話からはじめ、闘犬を擁護するかのような考えを開陳した。しかし、闘犬は動物愛護運動によって一八三五年の法律で禁止されていた。ブラウンの保守的な考えは、イヌ好きの聴衆から顰蹙（ひんしゅく）をかったに違いない。

ブラウンの講演の後、ラブは殉死したのではなく虐待されて死んだと考える人もいたりして、多くの人がラブの哀れで寂しい死に様にひどく心を痛めたらしい。そのため、ブラウンは『ラブと友たち』の序文で、この本の初版を出版するとき「ラブに関する世評を心配し、出版をためらった」と述懐している。

『ラブと友たち』の序文は、一八六一年に書かれたもので、一八五九年の初版にはない。また、本書の本文末尾にある「ラブは川に近い丘の斜面に埋葬された」以降の段落も初版にない。訳者がこの序文を跋文とみなし、本文の後に置いたのもそのためである。思うに、ブラウンが序文と末尾の段落を後になって書き加えたのは、一種のグリーフケアだと考えられる。ブラウンはラブを追悼して鎮魂し、読者をなだめるつもりだったのではないだろうか。

一七世紀にミルトンは、アイリーのように、痛みを怖れても知性を失わないことを勧めた。[*62] 一八世紀後半には、ヒュームやアダム・スミスが共感論に基づく道徳観を展開し、ベンサムが動物にも痛みを避ける権利があることを訴えた。『ラブと

＊62　ミルトンの『失楽園』にある一節。スタンレーが著書の題名に用いた［66頁の注＊55］。

グレイフライアーズ・ボビー

友たち』にはそのような時代背景があるのである。

訳者は、外科史の研究を通して『ラブと友たち』の存在を知ったが、イヌ好きのひとりとしてこの本に関心をもち、ぜひ読んでみたいと思った。インターネットで探すと、この本の原書をいくつか閲覧することができた。一読して深く感動し、短い小説なので翻訳してみようと考えた。

『ラブと友たち』はきわめて短い小説である。本にすると薄くなるにもかかわらず、単行本として何度も版を重ねた。なかでも一九〇九年にスコットランドのマクギリヴレイは、ブラウンの随筆「うちのイヌたち」の一節を合わせて出版し、好評を博した。このマクギリヴレイ版を翻訳しようと考えた。

『ラブと友たち』にはスコットランドの方言が多いが、何とか翻訳した。しかし、翻訳してはみたものの、やはり英文学の専門家が翻訳したものが読みたくなった。

これほど評価の高い短編小説ならば、日本語訳は必ずあるだろうと考えたからである。また、この名著の文学的な評論を読みたいと考えたからである。

しかし、Rab and his friends の日本語訳も評論もみつけられなかった。唯一みつけることができたのは、大学生用の副読本として一九九〇年に出版された山崎正雄註『ラブとその友』[*63]だった。これは翻訳書ではなく、原文に簡単な注釈を付したものだった。わが国では、このブラウンの本は英文学者の間では有名かもしれないが、一般人はおろか医学界にも知られていないことが分かった。それならば、つたない翻訳でも自分で日本語にし、この名著を広く紹介したいと考えたのである。

本書は、山崎正雄先生の本を参考にし、英文学にうとい医者が翻訳したものである。それゆえ、本書に誤りがないことを願っているが、誤訳や勘違いなどにお気づきになった方には是非ご教示を賜りたいに思う。

最後に、訳者の趣旨にご賛同いただき、拙訳を丁寧に読み返してくださった藤田美砂子社長をはじめ、本書の出版にご尽力いただいた時空出版のみなさんに厚くお礼を申し上げたい。

＊63　山崎正雄『ラブとその友』（英宝社、東京、一九九〇年）。

や行

『ヤコブの手紙』Epistle of James……………………………………………44
山崎正雄（1905-1986）……………………………………………………77
『余暇』Horae subsecivae………………………………………………63,67,69
『ヨハネの福音書』Gospel of John ……………………………………6,61

ら行

ラナークシャー Lanarkshire………………………………………………54,66
ラビー Rabbie ……………………………………………………………17
『ラブとその友』……………………………………………………………77
『ラブと友たち』Rab and his friends ……………1,2,9,54,57,64,67,68,73-76
ラマーミュア丘陵 Lammermuir Hills ……………………………………50
ラレー Dominique Jean Larrey（1766-1742）……………………………70
リスター Joseph Lister（1827-1912）……………………………………69
リストン Robert Liston（1794-1847）……………………………………69
リードバーン Leadburn……………………………………………………4
リバートン坂 Liberton Brae ………………………………………………50
ルビスロー Rubislaw ………………………………………………………25
レイトン Alexander Leighton（1568-1649）……………………………26
レイトン Robert Leighton（1611-1684）…………………………………26
ロジャーズ Samuel Rogers（1763-1855）…………………………………56
ロスリン荒地 Roslin Muir …………………………………………………50
『ロブ・リンゼーと彼の学校』
Rob Lindsay and his School by One of his Old Pupils.
A Reminiscence of 75 Years Ago ……………………………………1

わ行

ワーズワス William Wordsworth（1770-1850）……………………………38,55
ワトソン Thomas Watson（1807-1875）……………………………………47

ハンレー Hanley ………………………………………………… 55
ビガー Biggar ………………………………………………… 54,56,57,75
ヒューム David Hume（1711–1776） ……………………………30,60,76
プティ Jean Louis Petit（1674–1750）……………………………… 70
『冬物語』Winter's Tale ………………………………………………… 22
フラー Andrew Fuller（1754–1815） ……………………………… 28
ブラウン John Brown of Haddinton（1722–1787）………………… 66
ブラウン John Brown of Whitburn（1754–1832） ………………… 66
ブラウン John Brown of Edinburgh（1784–1858）………………… 66
ブラウン John Brown（1810–1882）………… 1,2,28,30,60,63,64,66-69,72-77
ブラックバーン Blackburn ……………………………………………56
ブラックフライアー蛇小路 Blackfriar's Wynd……………………… 12
ペイトン Joseph Noel Paton（1821–1901）…………………………56
ヘクトール Hector ………………………………………………… 18
ペディー Alexander Peddie（1810–1907） ……………………… 63,69,70
ペニキュイック Penicuik ………………………………………… 64
ヘラクレス Hercules ……………………………………………… 25
ベンサム Jeremy Bentham（1748–1832） ………………………… 76
ペントランド丘陵 Pentlands Hill …………………………………50
ボビー Greyfriars Bobby…………………………………………74,75
ホメロス Homer（BC8 世紀） ……………………………… 13,17,18
ホラティウス Quintus Horatius Flaccus（65–8BC） ……………… 61

ま行

マクガウン Hannah Clarke Preston MacGoun（1864–1913） ……………… 2
マクギリヴレイ William Macgillivray（1879–1912）………………… 1,76
マクビー丘陵 Mcbie Hill ………………………………………………… 4
松木明知（1939– ） ……………………………………………………… 69
ミジー Mysie ……………………………………………………………42,43
ミルトン John Milton（1608–1674） ………………………………… 59,76
ミントーハウス病院 Minto House Hospital ………………18,19,63,69
メルヴィル通り Melville Street ……………………………………… 18
モンゴメリー George Montgomery（1765–1831） …………………4

た行

ダーウィン Charles Darwin（1809–1882）……64,68
ダグラス Edwin Douglas（1848–1914）……27
ダビデ David（601040–970 BC）……17,38
ダビデ賛歌 Psalms of David……38
チャタム Chatham……66
テイト Robert Lawson Tait（1845–1899）……64
テニスン Alfred Tennyson（1809–1892）……60
デュナーン Dunearn……28
トウィーズミュア Tweedsmuir……11
トゥエイン Mark Twain（Samuel Langhorne Clemens, 1835–1910）……66
『闘士サムソン』Samson Agonistes……59
『トゥスクルム荘対談集』Tusculanarum disputationum……60
トレヴェリアン Hannah More Macaulay Trevelyan（1810–1873）……56
トロイア Trojan……18
トロン教会 Tron Church……9

な行

ナポレオン Napoléon Bonaparte（1769–1821）……70
ニコルソン通り Nicolson Street……50
ニドリー通り Niddry Street……14
ノーブル James and Ailie Noble……20

は行

ハーヴィ George Harvey（1806–1876）……56
ハウゲート Howgate……3,8,23,35,47,64
ハドリアヌス Publius Aelius Trajanus Hadrianus（76–138）……40
華岡青洲（1760–1835）……69
ハーディントン Haddinton……66
バーニー Frances Burney（1752–1840）……70,72
『ハムレット』Hamlet……12
ハロー・イン Harrow Inn……16
バーンズ Robert Burns（1759–1796）……47

グラスゴー Glasgow ……………………………………………26
グレイ John Grey（1813-1858）……………………………… 74
グレイム Alison Græme（アイリー Ailie Noble の旧称）…………… 47
ケント Kent ………………………………………………… 66
ケンブリッジ Cambridge…………………………………………28
『コヘレトの言葉』Ecclesiastes ………………………………… 40

さ行

サイム James Syme（1799-1870） …………………………28,66,69,70,72
サウス陸橋 South Bridge………………………………………………14
シェイクスピア William Shakespeare（1564-1616）……………… 12,14,24
ジェス Jess…………………………………………… 6,17,20,35,47-49,51,56
シーザー Julius Caesar（100-44BC）……………………………… 26
『失楽園』Paradise Lost ………………………………………… 76
シバ Sheba ……………………………………………………23
『詩篇』The Psalms ………………………………………… 17,38,40
ジャクソン夫妻 John and Margaret Jackson ……………………64
『種の起源』The Origin of Species ……………………………64
『逍遙』The Excursion ………………………………………… 38
シンプソン James Young Simpson（1811-1870）……………………… 31
『森林保護官』The Old Forest Ranger ………………………… 4
スコッツマン新聞 Scotsman ……………………………………… 67
スコット Walter Scott（1771-1832）………………………… 17,50
スタンレー Peter Stanley（1956-）………………………………66,76
スチュアート Charles Stuart（Stewart, 1743-1826） ………………28
ストックス Lumb Stocks（1812-1892）……………………………… 57
スミス Adam Smith（1723-1790）………………………………… 59,76
『聖書自己解釈』Self-interpreting Bible …………………………… 66
聖マンゴー教会 Saint Mungo's Church ……………………………64
ソーハム Soham ……………………………………………………28
ソロモン Solomon ………………………………………………… 23
ソーンヒル Thornhill …………………………………………………52

固有名詞索引

あ行

アイザック Isaac Watts（1674–1748）……10
アバディーン Aberdeen ……15,25
アリストテレス Aristotel（384–322BC）……59
イエメン Yemen ……23
イザベラ Isabella Cranston Brown（1812–1888）…… 67
『イザヤ書』Isaia ……60
『痛みを怖れても』For fear of pain, British surgery 1790–1850 …… 66
『イリアス』Iliad ……13,18
インファーマリー通り Infirmary Street ……9
ウェリントン公爵 Duke of Wellington（Arthur Wellesley, 1769–1852）
…… 20,26
「うちのイヌたち」Our dogs …… 1,3,63,74
ウイットバーン Whitburn ……66
ウッドハウスリー城 Woodhouselee Castle …… 50
エインズリー Bob Ainslie …… 9,18
エチオピア Ethiopia……23
エディンバラ Edinburgh……3,4,6,7,11,15,18,67,69,74
『オセロ』Othello ……24
オーチェンディニー Auchindinny or Auchendinny ……7,50
オリファント Carolina Oliphant（Baroness Nairne, 1766–1845）…… 61

か行

カウゲート通り Cowgate Street……14,16
『歌集』Carmina…… 61
カトゥルス Gaius Valerius Catullus（84–54BC）…… 60
カローデン Culloden …… 13
『閑暇』Spare Hours ……67
キケロ Marcus Tullius Cicero（106–43BC）…… 60
キャンドルメイカー通り Candlemaker Row…… 16,35,55,74
キャンベル Walter Campbell……4

〈訳者略歴〉

川満富裕（かわみつ・とみひろ）

1948 年　沖縄県に生まれる
1975 年　東京医科歯科大学を卒業後，一般外科を経て，
　　　　小児外科を専攻
1984 年　獨協医科大学越谷病院小児外科講師
1998 年より終末期医療に従事
　　　　三軒茶屋病院勤務を経て
2013 年　医療法人青葉会・青葉病院院長

〔著書〕『鼡径ヘルニアの歴史』，A. Cooper：The Anatomy and Surgical Treatment of Hernia〈復刻版〉解説〔訳書〕W・J・ビショップ『外科の歴史』『創傷ドレッシングの歴史』，C・J・S・トンプソン『手術器械の歴史』（以上，時空出版）

ラブと友（とも）たち
手術に立ち会ったイヌ

二〇一六年三月一五日　第一刷発行

著　者　ジョン・ブラウン
訳　者　川満富裕
発行者　藤田美砂子
発行所　時空出版
〒112-0002　東京都文京区小石川四-一八-三
電話　東京〇三（三八一二）五三一三
印刷・製本　モリモト印刷株式会社
ISBN978-4-88267-063-6